내가 훔친 기적

내가 훔친 기적

강지혜 시집

민음의 시

233

민음사

내가 떠나온 작은 방
뜨겁게 아름다웠던 나의 지옥

2017년 봄
강지혜

차 례

II. 지켜지지 않는 작은 방

III. 백만 개의 미래가 불탈 때

I.

나는 낙반입니까?

큐폴라

잠든 아이의 창가에
지하(地下)가 온다
소리 없이

요람을 흔들며

네가 최초의 슬픔을 터뜨리는 동안 나는 몹시도 앓았단다
큐폴라, 큐폴라*

아이는 눈꺼풀 속의
동굴을
허기보다 빨리 익혔다

나는 낙반입니까? 수만 년 굳어 갈,

대답이 없고 아이는 간다

차디찬 시간이 정수리에 떨어진다
퍼뜩 당신의 전생을 향해

고개를 쳐들고
소리치며

한 발 더 내딛으면 수평입니까? 그것은 그대로 밝음입니
까?

축축하게 젖은 어둠 속에서
모든 방향을 감지하는 돌기가 자란다

끝내 세상의 모든 문을 여는
열쇠가 될

* 동굴이 좁아지는 부분에서 압력에 의해 천장이 높아진 곳

벽으로

입성하지 못한 자들이
일몰에 맞춰 벽을 핥으러 간다

"봄이 되면 담벼락에 수만 마리 무당벌레가 날아와, 걔들
을 터트리느라 똑똑해질 시간이 부족했는지도 몰라"

그들은 매일 인도가 없는 아스팔트를 걸었다

예리한 물건을 실은 대형 트럭이 지나가면
철조각과 모래 섞인 바람이
빠르게 그들을 할퀴었다
오른뺨과 귀, 손, 목덜미에
얇고 붉은 상처가 새겨져
지워지지 않았다

하늘마저 마른날이 잦았다

길바닥에는 점액을 잃은
달팽이들

아스팔트에 살점을 뚝뚝 뜯기며 가고

느리게 움직이는 달팽이를 더 느리게 짓이기면서

"사라지는 기분이야" 누군가 말하자, 입술에 손가락을
대고 누군가가 누군가를 째려보았다

한 치 앞을 모른다는 거,

벽에 도착하면
그들 중 몇은 보이지 않았다

여전히 벽은 한 움큼도 녹지 않았고

찢어진 헛바닥에
새살이 돋았다
어김없이

견딜 수 없는 것은

그뿐이었다

모든 '비긴즈'에는 폭탄이

─ 아이돌 1

「눈의 여왕」과 「검은 고양이」 그리고 너의 잘록한 허리 아니, 아니, 거기 말고 터치 마 바디!* 밤하늘의 별처럼 올라붙은 너의 엉덩이 너의 가장 은밀한 곳에

날개가 돋는다면 믿을래?
나를 믿어야 해. 나는 네 보컬 트레이너잖아?

사방이 거울인 지하에서 조용히 관절을 꺾는 아이들 복식 호흡과 격정적인 비브라토 흉성과 두성에도 연주되지 않는 악기들

얘들아, 죽지 않는 것을 주의하렴

그리고 이 상품은 손상될 가능성이 있으니 운반 시 주의를 요함

아이들은 춤을 추고 거울 뒷면의
비술(秘術), 지나치고, 지나쳐 가고

그들은 저마다 투명한 심지를 지니고 있었는데
　수지는 발바닥에, 수영이는 앞니 사이에, 수정이는 귓바퀴 안쪽에 그것을 숨겼다

　소리 없이 터질까 봐
　그런데 죽지 않을까 봐

　스승은 넘칠 정도로 많은데
　제자가 모두 숨죽였다

　그래, 너는 저 연습실에서 터뜨려졌다

* 씨스타 「Touch My Body」.

아이돌 2
— 꾸밈없이 비명을 지르는 아이들이 있사오니 서들을 부디 긍휼히 여겨 주소서

여러분 이제, 빈 공간을 읽는 소녀가 입장합니다 여섯 개의 감각이 조금씩 비약하는 소녀들이!

성수가 담긴 잔을 높이 들어라 물이 아래로 떨어지지 않을 것이니 잔을 뒤집어라 물이 솟아오를지니 두려움 없는 자만이 날개를 달 것이다 망설이지 않는 자가 날개를 얻을 것이다

재단 위에서 비대해지는 사내들 흘러내리는 넥타이와 허리띠 자르고 또 잘라도 흐트러지지 않는 성장

더 추워지기 전에 촛불을 밝혀야 해
이 외따로운 섬에서 빛이라곤…… 기원뿐이잖아

오목 새겨진 비문(祕文) 앞에서 작은 소녀는 울상이었다 더 작은 소녀는 작은 소녀의 손을 더듬었으나 숙소가 매우 어두웠기에 작은 소녀의 손, 부여잡을 수 없었고

석판 위의 글자들은 아름다웠다는데 형언할 수 없는 광

채로 둘러싸여 있었다는데

거짓의 가시성과 예언의 가독성을 간파한 사기꾼들이
하나뿐인 다리를 폭파시켰다 그들이 뭍으로 떠난 자리

기형의 날개를 이식받은 소녀들
모여들었다

소곤소곤,
은하수처럼

속삭이는 비명
속삭이는 비명

부록

기억해, 그레텔?
풍만한 과자의 맛

기억해, 그레텔?
끝나지 않을 것 같던 길에서
손을 맞잡고 부스러기를 흘렸지

음악은 모두
머리 위에 있었는데
……
불쌍한
나의 여동생아

마녀여,
당신은 우리를 적출해야 한다

나는 당신의 가장 윗부분이다 민감한 부위다 뿌리이자
모서리이다

나를 거꾸로 매달아
피를 짜낼 땐 몰랐겠지
동생의 몸뚱이를
썰고 다질 땐 미처 알지 못했겠지

우리는
독한 종양으로 자랄 것이다
시작은 가려움에 불과했으나

작은 반점이 생기고
살갗 안에 화상을 입은 듯 온몸이 쓰라리겠지
열이 오르고
주기적인 복통과
산발적인 두통이
시작될 것이다
혈변이 멈추지 않고
혼절과 발작이
반복될 것이다
기억이 사라지면

주문을 잊고

당신은 *마녀를 의심하게 된다*

마녀여,
생을 다해
흡수된 우리를 게워 내라

의심을 품으면
당신은 당신 집의 기괴한 모양에 소스라칠 것이다
태어날 때부터 지닌
당신의 어두운 리듬에 몸서리 칠 것이다

나를 마시고
아름다운 내 여동생을 씹어라!

그리하여
스스로의
몸에

불을 붙이는

페이지를 향해 가라

패스

한파주의보 내린 11월
길 한가운데
꽝꽝 언 비둘기 한 마리
놓여 있었다
발로 굴려 보았더니
길쭉한 공처럼 굴렀다
주위에
다른 새는 없었다
멈추어서
목도리를 만졌다
작은 안개가
눈앞으로 자꾸
피어올랐다
입김이 닿은 자리가
축축했다
짭짤한 냄새
퍼지고
뒤를 돌아보니
지금껏 온 길이

사라지고 있었다

전봇대가 많은 동네다

고압전선이

아무렇지도 않게

머리 위로 흐르는

코트를 단단히 여몄다

비둘기는 여전히

발밑에 있었다

딱딱하게

얼굴이 달아올랐다

오늘 안에

10만 원을 송금하기로 했었지

작년에 산 장갑은 어디에 뒀더라

방광이 천천히 팽창하였다

고개를 떨구고

발끝을 보았다

온 힘을 다해

비둘기가

눈을 뜨는 것이 보였다

사육, 하고
발음했다
발가락에 힘을 주면서

요람에 누워

왜 선택할 수 있다고 말하지 않았나요?

대천문*으로 모든 비밀이 새어 나가는데

말랑한 나의 손
아무 쓸모가 없네

송곳니는 영원히 솟지 않을 것, 손톱은 자취를 감출 것,
단단한 정강이와 날개의 흔적은 찍소리도 내지 못할 것

치욕스러운 하루가
백 일씩이나 흘렀습니다

이 더러운 백 일이 수백 번 반복되겠지요?
그사이 머리카락과 고환이 자라겠지요?

잘도

살겠지요?

첫울음을 뱉던 순간
나는 알았습니다

이곳은 아무 소리가 나지 않는
넓고 넓은

바다

부디, 자장가를 부르세요

나를 재우고
시간의 구(球)를 굴리세요
바깥쪽 복사뼈에서 자란
우리의 사슬을 끝내 잊기 위해

자장자장, 나는 흔들립니다, 잘도 잔다, 우리 아가

* 신생아의 머리 한가운데 전두골과 두정골 사이.

네가 준 탄피를 잃어버렸다

전시(戰時)에는 종이 같은 거 접지 말랬는데,

어차피 불살라질 거, 부끄러워할 필요 없잖아. 네가 나의 손을 잡아 주었다
우리는 난간 밑에 숨어
발맞춰 계단을 오르는 그들의 모습을 지켜보면서
피아노와 여우, 꽁지를 눌렀다 놓으면 가볍게 튀어 오르는 개구리를 만들면서, 흥얼거려서는 안 될 노래를 흥얼거리면서

작전참모와 대대장이 여기에서 잔다
전언을 보냈으나

당장 도망쳐!

그들에게 나의 다리가 전부 먹힐 때까지
수신되지 못했다

투명한 나의 하체를 오래도록 바라보았구나

포탄과 화약이 날리는 이곳에
붙박인 나의 상반신을 절절히 쓰다듬었구나

달팽이는 모두 어디로 숨었을까
비가 내려도 도통 찾을 수가 없네
네가 묻고

우리 함께 달팽이가 상추 먹는 걸 보았잖아, 기억하니?
너는 녀석에게 이빨이 있다고 했고 달팽이는 모두 무지개
색 똥을 싼다 했지

표적 없는 발사가 많이 아프구나

그래, 너는 유능한 탄피수니까 그걸 주워 와
나는 부지런히 손을 놀릴게
숨어 사는 연체동물을 위한 집이나
신발장이나
모이통 같은 거
뭐든 만들게

영웅

이를 닦고
소변을 봤고
거미를 낳았다

정확히 말하면 임신이라 하기 어려운데
생리를 하는 동안에도 생리를 하지 않는 동안에도
거미가 나왔다

변기에 앉아서
인생을 가르는
간단한 이분법……
에 대해 생각했다

가령
고름을 짜는 시간과
그렇지 않은 시간

발등이나 허리께가 자꾸 가렵고
투명한 거미가 발가락 사이를 기어 다니는 것 같았다

거미를 낳다니

거미를 낳고도 밥을 먹을 수 있다니

소변을 참아 보았다
그러면
질이 가려웠다
아랫배가 아릴 때까지
기다려
변기에 앉으면
열 마리쯤 되는 거미가
투두둑 투두둑
쏟아졌다
그렇게 참았다 거미를 낳으면
보통 때보다 다리가 긴 놈들이 태어났다

정확히 말하면 태어났다고 말하기 어려운데
물에 닿는 즉시 거미는 움직이지 않았다

우연처럼

거미가 모습을 감췄다

거웃 사이로 익숙한 얼굴을 본 것도 같았는데

밥을 먹으면 그마저 잊혀졌다

그리고

얼굴에 굵은 털이 올라왔다

처음은 목에 털이 났다

족집게로 뽑았더니

출산만큼 아팠다

결국 얼굴은 털로 뒤덮였는데

생각보다 보드라워

놀라 버렸다

얼굴에 털이 난 뒤

손바닥과 발바닥에도 작은 돌기가 솟았다

이제 더 이상 밥을 먹지 못할까……?

사직서를 내고
집에 오는 길에
왈칵 울음이 났는데
털 때문에 눈물이 또르르 굴러
아스팔트 바닥에 떨어졌다

우리는

눈물 자국이 말라 사라지는 순간을

꼿꼿이 서서
목격하기로 했다

가진 것이 없는데

남편이 발바닥에서 각질을 뜯어냈다 그는 그것을 상자에 소중히 모아 두곤 했는데 마녀들은 틈이 나면 그것을 갖다 버렸다

그들은 비정하였으니

"네 남편은 언젠가 꼬리를 만들 심산이다"

가랑이 사이에 풀칠을 하고 각질을 꼼꼼히 이어 붙여 끝내 물살을 가를 생각이라고

마녀들은 둘인 동시에 여덟이기도 했는데 매일 몰려다니는 통에 구경거리가 되었다 그들은 구경거리가 되는 것을 주저하지 않았다 가장 참기 힘든 것은 마녀들을 보러 몰려오는 새들이다 도시에 존재하는 새는 모두 나의 창가로 모여들었다

작은 부리들이 물어 오는 까만 밤

어둠 속에서 남편은 구토가 치민다고 했다 애석하게도
나는 부끄러움이 무엇인지 몰랐다

그가 끝내 물 흐르는 쪽으로 몸을 뉘였을 때

마녀들은 무수한 다리로

완성되지 못한 그의 꼬리를 뭉갰다
꼬리가 축축하게 부서지고

남편은 두 팔로 몸뚱이를 끌며
물결 쪽으로 갔다
달아오른 각질을 흘리며

파문이 부서지는 뭍의 끝으로

차장 N 씨의 시말서

최근 들어 N 씨는 매번 승강장에서 50m 정도 어긋나게 객차를 세웠다 그는 8호선을 운전하게 된 이후로 정차에 어려움을 느끼고 있었다

객차 안 승객들이 휴대전화를 만지작거렸다
지각이 확정된 사람들은 욕을 내뱉으며 안전문을 힘껏 밀었다

문은 지나치게 투명했다

그리고 강동구청이나 잠실에 내릴 수 있는 승객은 아무도 없었다

새로운 목적지에 당도하였으니

해바라기의 하체
눈물 젖은 손수건의 한가운데
며칠을 걸어도 인적조차 찾을 수 없는 초원의 어디쯤
처음 보는 지형과 알아들을 수 없는 언어 또는 울음이 가득한 곳

분홍색 호수
바다 속에서 웅장하게 흐르는 폭포의 맨 아래
어지럽고 어둡고 습기가 가득한 수상 가옥
문이랄 것이 없는

승객들은 바뀐 공기를 눈치 채지 못한 채 잰걸음으로 출근을 재촉하다가

선득하고 따뜻한 기분에 주위를 둘러보았다

……아!

관절이 무너지는 소리를 내며 제자리로 돌아올 때

N 씨는 꺾어 신었던 신을 고쳐 신었다

오늘 그의 마지막 운행 열차 지금 승강장으로 도착하고 있습니다 승객 여러분의 구명을 위해 안전선 밖으로 한 걸음 물러나 주십시오

의자 들고 전철 타기

아름다운 의자를 들고 퇴근 시간 전철에 탔다 의자는 황홀한 노래를 읊조리고 내 몸은 달아올랐다

이것은 의자, 별처럼 빛나는 의자

의자를 들고 전철에 탔지만 자리가 없었다 나는 분명히 의자를 들고 있는데 앉을 수가 없으니 나와 의자는 슬펐다 그리고 의자는 분명히 외로웠다

의자의 탑승을 바라지 않던 사람들이 마음을 모아 의자를 노려보았다

의자의 의지로 전철에 탄 것은 아니었지만 나는 의자와 함께 가야만 하고

의자의 부피와 무게보다 견디기 힘든 것은 전철 안이 매우 밝다는 것

안으로 한 무리의 사람들이 구겨져 들어왔다 밀지 마세

요 밟지 마세요 미안합니다 미안하지만 불쾌합니다 나와
의자는 서로를 말없이 끌어안았다

　오늘의 마지막 열차가 승강장으로 접근하고 있었다 안전
문과 객실문이 동시에 열리고 더러운 의자 하나가 철로 옆
으로 굴러떨어졌다 나는 거기에 없었고 사람들은 줄지 않
았다

줄타기

— C에게

1

황금성과 시계탑 사이에

줄

당신은 발바닥만큼만 생을 지탱할 수 있습니다

아직도 겨드랑이에는
허공뿐이고

우리는
언제까지
조심조심
몸을 앓아야 합니까

나는 당신의 아이를 안고 깊고 긴 동화를 들려줍니다 도시에 나뒹구는 진짜 보석은 가짜 금을 바른 마차가 짓밟고 갔단다 사람들은 피리 소리에 홀린 쥐 떼처럼 바퀴 자국을

따라 갔단다 트랄랄랄라 트랄랄랄라 춤을 추며 너의 어미처
럼 눈알을 거리에 두었단다 그들은 자국 끝에 선명한 불구덩
이를 보지 못했지 차마 마지막을 말하기 전에

　　아이가 손가락을 뺍니다

　　2

　　우리가 고대하던 폭우입니다

　　비와 비

　　사이에

　　줄이 있습니까?
　　흔들리지 않고 있습니까?

　　발과 발 또 다시 더러운 발과 발로

그 위에 당신

설 수 있습니까

화단을 가꾸려 했다

옥상이 딸린 집으로
이사했다
여기선 화단을 만들어야지

진심으로 화단을 가꾸고 싶었는데

운석이 떨어졌다

충돌 직후
깜깜한 울음소리 들리고
형형색색
파편이 피어올랐다

멍청하게 서서 손을 뻗었지만

그래도 화단을 가꿔야 하니까
흙을 고르러
옥상으로 나가면
발에 들러붙는 운석 먼지 때문에 일을 할 수 없었다

발바닥을 마주 비벼
털어 낸 먼지를 들여다보면

부푸는
향

자꾸만 슬펐다

지구에서 맛볼 수 없는 빛깔이었다
눈을 감으면
입속까지 따라와
춤을 추었다

먼지들은 내가 자주 쓰는 의성어를 엮어
노래를 만들었다
소리는 분명히
내 몸 안에서부터
공중으로 퍼져 나갔다

하지만
화단을 가꿔야 하는데
씨를 뿌리고 거름과 물을 충분히 주고
마음을 쏟아야 하는데
변기에 앉아도
찌개를 끓여도
운석뿐이었다

옥상 한편에 쌓아 둔 비료 포대가 담석처럼 변하는 동안
운석은 때때로 색과 온도를 바꾸었고
아름다운 그림자와 문자가 표면에 떠올랐다
부드럽게 깜빡이는 문양들을 만지면
뜨겁고 간지러워
울렁거렸다

화단에는 잡초가 자랐다
이름도 없이
그렇게 많은 풀이
태어났다

말라 죽었다

운석이 내게 인사를 했다
투명한 소리로

눈물을 그칠 수 없었다
화단을 가꿔야 하는데
있는 힘을 다해 운석을 끌어안고
키스를 퍼부어야만 했다

너무
오래 기다린 것 아닌가

오열하는 나를
운석이 부순다
정확히 조준해

산산조각 낸다

피 · 한 · 방 · 울 · 튀 · 기 · 지 · 않 · 고

내가 쪼개진다

화단에
흩뿌려진다

장도리 든 자

#. 0

아버지가 방에 못을 박는다 밥통에도 달력에도 시계에도 신발에도 창문에도 못을 때려 박는다

그만하세요 아버지 제가 볼 땐 왼쪽도 오른쪽도 위도 아래도 구멍뿐인데요

(아버지가 자식의 어깨를 잡고 따뜻한 목소리로)
애야, 나는 세상천지에 무서운 게 없단다

#. 만성피로

(피디 아들과 악수하지 않음) '온 집안에 못을 박은 아버지, 과연 무슨 사연이 있을까?'라는 주제로 15분에서 25분 분량의 방송을 만들 겁니다 물론 못 박힌 집에 대한 미학적 가치를 평가해 줄 교수도 섭외된 상태입니다 아니오, 평소에 입는 옷으로 부탁드려요 아니오, 화장은 하지 않으셔도 됩니다 협조 부탁드립니다

#. 0-1

못은 이 땅의 아픔입니다 나는 장도리와 교감하는 존재지요 못 박는 행위는 고행과 동시에 완성 그러니까 나의 작품은 철저히 계산된 미행이지요 아름다움은 어디에도 없다는

#. 수선화 핀 물가

아들은 피디가 놓고 간 대본을 줍는다

'어머니의 부재', '가슴에 박힌 대못'

(아들, 장도리를 손에 쥐며)

아버지, 나는 이걸 먹을까요?

흔들리는 이야기

　오래된 여관 건물이 무너졌다 경찰과 소방대원들이 모든 객실을 뒤졌지만 투숙객 중에 틈이라는 자, 없었다는데

　철거는 빠른 속도로 진행되었다 물이 뿌려지고 녹슨 철근이 불쑥불쑥 튀어 올라 불안을 지휘했다

　실내복 차림의 노파들이 남의 집 대문 앞에 아무렇게나 엉덩이를 붙였다 어째 내 무릎 사진 같네 사람이나 쎄멘이나 구멍에 바람 들면 폭싹 주저앉는 거여!

　경찰 통제선을 낚아채 달리는 아이들 무너질 듯 무너지지 않는 저 푸른 정강이들

　새끼 밴 고양이 당신의 옥상에 숨어들고

　기시감에 대해 이야기 나눌 상대가 필요해요 야간 공사에 대해, 내가 평생 겪어야 하는 허기에 대해, 울어요 이미 운 것 같아요 내 그림자에 빠져 죽을까 봐 무서워요 무서울 것 같아요

새벽잠을 깨우는 먼 울음소리 어떤 기후도 해방될 수
없는

야간 공사

아주 조용히 짐승이 우는 듯했다
형광등은 재빨리 자신의 반경을 결정했지만
미처 대비하지 못한
사람들은
벌어진 틈과
물결 사이로 사라졌다
우리가 어둠에게 삼켜지는 동안
도처에서 공사는 계속되었고
수리가 계속되었고
음악이 계속되었다
몸이 떨어지고
또 떨어지는 동안
고무공이 튀어 오르지 못하고
어딘가에서
누군가 잃어버린 열쇠들이
아래로 더 아래로
앞다퉈 쏟아졌다
나는 너의 내부로
떨어지고 있었다

고양이 두 마리가 서로를 바라보았다
그들은 꼬리를 내린 채 천천히 흔들었다
나는 그 풍경이 갖고 싶었다
현기증이 났다
불편한 곳에서는 이제 그만 자고 싶다
추락의 끝에서 나는 깨달았다
어깨까지 들썩이며 울고 있었다
짐승은 나였다

좁은 길

거대한 개와 마주했다

가야 할 곳은 저 모퉁이 돌아, 지쳐 쓰러질 때를 지나,
또 한참

개는 나를 보았고
나는 개를 읽으려 했다

적의는 없었지만 그것이 공포였다

내게 없는 결심을 가졌으므로

개가 발을 앞으로 내딛고
내가 발을 뒤로 옮기자

우리를 가둔 길이 순식간에 사라졌다

허공을 딛으며
나를 물끄러미 바라보는

개의 축축한 콧구멍이

내가 가야 할 곳을 향해 느리게 움직였다

울음이 터질 것 같아
손을 내젓고,

개는 나를 구하려고

그러나 우리는 끝까지
서로의 성조(聲調)를 해독할 수 없고

살점이 뜯기고 피가 무더기로 쏟아지도록
개와 나는

좁은 길에게 물렸다

II.
지켜지지 않는
작은 방

무정박 항해

아무도 없는 바다, 찬란한 빛을 내는 배 한 척,
뜨거운 음악으로 흐르는
경구에게

다리와 팔을 마구 휘저으며 그가 춤을 춘다
춘다기엔 살을 푸는 것 같고
푼다기엔 무거운 짐을 나르는 모양새로

그가 가방에서 자기 키만 한 피리를 꺼낸다

'저 구멍을 모두 막을 수 있을까'

곧 그의 손이 일곱이 된다
일곱 손잡이가 되니
오른손도 왼손도 없다

네가 태어나던 날
너는 무엇으로 나를 훔쳤을까

모든 선실에 음악이 가득하고
돛이 없어도 수백 개의 대양을 떠돌 수 있는
그 배에서 우린

"이름 붙이는 건 맨 나중으로 미루자, 누나."

나는 오랫동안 본다
고통받는 너의 달팽이관에 건배를,

물비늘처럼 수줍게 반짝이는 네 왼, 아니 오른, 첫, 아니
세 번째, 아니, 네, 손을

우리가 끝내 바다에서 죽는다는 것을
부끄러워 말자
어차피
날개가 하나면 천사도 병신이잖아

응원

나리타 공항으로 가는 급행 전철

엄마의 신발 밑창에 빠칭코 다마*가 끼었다
그녀는 낄낄대며
구슬을 잡아 뽑는다

어젯밤
엄마의 방에서
대취해 그녀에게 삿대질을 했다

곱은 혀로
웅크린 어둠을
던지고
또 던지고

울다 지쳐 잠든 딸을 내려다보던 엄마는
퉁퉁 부운 눈두덩에서
자식의 눈알을 꺼내
소중히 어루만졌다

엄마의 엄마가 죽었을 때

만발한 불꽃

실신하는
그녀에게서

쑤— 욱—
외할머니가 뽑히는 것을 분명히 보았다

지금 엄마는
부지런히 빠칭코에 가
다마를 품는다

죽음도 뽑을 수 없는
거대한 다마를 만들려고

딸의 안와(眼窩)에

깊게 박으려고

* 球(たま). 둥근 것.

장마

　여름이 시작되면 침을 뱉으며 계단을 올랐다 목덜미에 땀이 흐르고 싸구려 합판으로 만든 오래된 문

　열쇠를 아무리 세게 돌려도 한 번에 잠기지 않았다 천장 페인트가 머리 위로 툭툭 떨어졌다 부식물이 입에서 버석거렸다

　비가 새고

　청거북의 등껍질이 하얗게 질렸다 아버지는 그를 싱크대에 버렸다

　장마철이 되면 아버지가 내 방 천장을 임신시켰다 비가 올 때마다 천장이 부풀어 올랐다 엄마가 없는데 동생이 생길까 봐 무서워 많이 울었다 하지만 쌍둥이들의 울음소리에 옆집 굿하는 소리까지 아무도 나 같은 거,

　천장의 자궁이 곧 터질 것 같았다 키가 작은 나는 폴짝 뛰어 식칼로 벽지를 찢었다

　핏덩이들이 내 머리 위로 쏟아졌다

거칠게 끊어진 탯줄

쌍둥이들은 모두 참외 배꼽이었다

등껍질을 챙겨 둘걸 냉동실에 넣어 둘걸 방이 아기들로
가득 찼다 신생아는 태어난 후 3개월 동안 물에 던져도 수
영할 수 있댔는데 내 동생들은 빗물이니까 빠져 죽을 걱정
이 없었다

아기들이 내 발목을 잡아끌어

가장자리에 이빨이 잔뜩 난 산호를 보았다

미아

　여자가 식탁에 구부정히 앉아 편지를 썼다 남자가 거실
에 배를 깔고 누워 작은 수첩에 일기를 썼다
　글자가 다른데
　어느새 그의 몸에 문신이 새겨졌다

　글씨가 자꾸 커지고 많아지는 것 같아 그가 동생에게
속삭이자 동생이 발을 구르며 소리쳤다 나는 엉덩이에 생
겼어!
　그들은 오래도록 서로의 몸을 지켜보았다
　동생은 긴팔을 입고 바다에 가
　촘촘히 말라 죽었다

　그는 얇아진 동생의 몸에 그림을 그렸다
　인상을 쓰는 소녀들과 척추가 휜 소년들,
　비겁한 아이들과 악마 같은 아기들
　그의 문신이 왼손을 타고 동생의 몸으로 옮겨 갔다
　교합과 해산(解産)을 반복하는
　글자와 글자들
　예리한 몸뚱이에

불현듯 베이는
날들

한 아이가 울자 다른 아이들이 따라 울었다 피콜로처럼
사자처럼 울부짖었다 소년과 소녀와 영아와 유아 들이 서
로의 젖을 빨거나 목덜미를 물어뜯으며 폭발하였다

팔랑이던 동생이 물에 불은 마분지처럼 거대해졌다
끝없는

동생이 분해되었다
사라락

나와 같은 사람을 만나서

누군가는 주인공으로 태어난다

주인공은 조력자를 만난다 주인공은 사건을 만난다 사건은 주인공의 비상한 머리와 소름 끼치도록 치밀한 우연으로 해결된다 열렸거나 닫혔거나 결말이 나고 주인공은 웃거나 울거나 죽는다 구조는 구조적이라 간단하다

주인공이 아닌 인물은 기도하지 않는다

당신은 하나의 인물이다

인물은 어떤 배경에 불과하다 주인공을 둘러싼 무늬나 색깔, 규칙 따위의

그러나 신은 비밀을 숨기는 것을 어려워한다

주인공이 웃거나 울거나 죽을 때 인물은 그저 살아가고

그 어떤 결말도

결코

인물을 이길 수 없다

커다란 발을 갖게 되었다
— しょうがないよ

나는 엄지발가락과 검지발가락으로 물건을 곧잘 집었지 두 발가락을 이용해 친구들을 꼬집으면 애들이 비명을 질렀어 크게 벌려진 입속에 모래를 쏟아붓고, 다시는, 우리 엄마를 찾지 마

끝이 없는 두더지 게임

젖가슴이 삐딱하게 자랄수록 엄지발가락과 검지발가락 사이에 구멍이 생겼지 눈동자 같기도 하고 주머니 같기도 한 구멍, 언뜻 모기 같은 게 왔다 가는 것도 같았는데 나는 비 오고 눈 오는 날이 좋았지

신오쿠보 역 맞은편 빠칭코에서 구슬을 한 무더기 뽑았지 박수를 쳐 주는 사람들 구슬을 구멍 안에 쑤셔 넣고 삐쩍 마른 엄마, 엄마, 엄마를 만났지 나는 이제 거대하니까 내 구멍으로 들어와, 주세요

아프니 아가? 괜찮아. 좀 간지러워. 어른이 되는 거란다. 살살할 순 없어? 피가 나니? 괜찮아. 약간 매스꺼워. 더 빨리

바늘처럼 뾰족해진 엄마가 구슬과 함께 혈관을 돌아다녀서 숨이 막혀 엄마를 찾아 때릴 거야 나는 내 눈을, 내 배를, 내 엉덩이를 있는 힘껏 내리쳐 멍들고 혹이 나지 침을 흘리며 말했지 납작해져라 납작 엎드려라

구멍 사이로 엄마의 마른 손가락이 보이자 해머를 들어 발을 내리쳤지 사랑해, 엄마. 사랑해. 세상 모든 바다에 쏟아지는 햇살만큼 그 빛에 반짝이는 모래알만큼 엄마를 사랑해 눈물샘과 콧구멍으로 잘게 부숴진 구슬이 쏟아져도 엄마는 보이지 않고

전쟁하고 싶어지는 날입니다

무너지는 소리를 듣습니다

이명과 두통이 이어지는 날입니다 아무 생각 없이 침대에 누워 있을 때도 뼈들은 무기를 만듭니다

파괴되는 소리가 나야만 제자리를 찾게 되는 것

요가원 원장이 내게 묻습니다

"초침과 초침이 이동하는 시간을 구할 수 있나요?" "세계가 다른 자들을 본 적 있지요?" "늙은 개의 울음을 기억하나요? 그것과 당신의 이름을 어떻게 구분해 냈나요?" "머릿속에 사는 천둥은 외롭고, 말괄량이지요?"

나의 혈관이 뼈들로 인해 갇혔다고 합니다 옛날 사람들은 이것을 무병(巫病)이라 불렀다고요

그는 자신이 직접 고안했다는 침대에 나를 눕혔습니다 전쟁을 끝내려면 오랜 노력이 필요하다면서

그럴 수밖에요 그러나 그는 모르는 모양입니다

초침과 초침 사이에 피어나는 불꽃이 얼마나 화려한가
요? 세계가 다른 자들과의 만남은 어떻고요 서로 다른 언
어와 규칙이 충돌할 때의 짜릿함을 모르는군요 나의 이름
과 노쇠한 개의 울음은 당연히 무늬가 다르지요 그걸 구분
못하는 사람도 있습니까? 천둥이 외로울 리 없잖습니까 천
둥은 단위니까요

혈관은 여전히 박해받고 있으며 뼈들은 하루가 멀다 하
고 서로에게 결투장을 보냅니다 나는 영원히 괜찮습니다

당신이 훔친 소금

당신과 소금과 당신의 어머니 사이에

아름다운 성(城)

서로의 젖을 마시며 무럭무럭 자라는 결정(結晶)들이

저 여자가 우리를 데려간다, 더 가깝고, 더 추운 곳으로

들뜬 마음을 감추고
무기력함으로 위장하라
똑같은 대열에 있으나
언제나 외로운 형태로
기막힌 비밀을 하나씩
거두게 될 테니

어머니와 소금이 같은 소리를 내며
힘차게 당신의 젖꼭지를 빤다

당신의 유방은 둘이 아니다

단단해지고
미련하리만치 슬픈 증식
젖몸살이 시작된다

소금과 당신과 당신의 어머니와 소금과 어머니 그리고
당신의 그 소금이
아니라고 해도 상관없는
규칙

서리 내리고
폭포가 얼어붙고
빈 벌집 속에서
소금이 운다

눈이 부셔
저 여자가 나를 데려간다

美幸*

새벽부터 서둘러도 공항은 늘 바쁘고 매번 멀다 여권과
이름과 티켓을 챙겼어? 손에 있었어 이름? 가방에 있었어
이름? 여자의 아름답고 행복한

갈색 피부의 아이가 비행기를 그리네 웅크린 뒷모습 어
쩌면 사랑에 빠질 것 같아

대합실에 도착하면 말이 많아지는 여자들이 있었다 여
자는 여자와 말을 하기 위해 말이 많았고 여자는 여자의
말을 막기 위해 말이 넘쳤다

어디로 떠나도 마지막은 자동문

여자들의 뒷모습이
나타나고
나타나고
나타나서

주머니를 검사해 금속을 탐지해 떠나갈 여자의 뒤통수

를 조사해

　나를 보지 마, 갈색 아이야 너는 너의 나라로 나는 여
기서 둘로 찢어져, 비행기를 잔뜩 그리고 손 흔들자 바
이—바이— 네 손바닥으로 내 얼굴을 가려 줘 남은 여자
가 떠난 여자가 될 때까지

* 어머니의 이름은 長南 美幸(쵸난 미유키)이다.

아버지와 살면

너는 내게 시인의 목소리를 종용한다 창문을 막은 비닐
사이로 비집고 들어오던 겨울
영하(零下) 앞에 무능한 사내의 어깨
무엇으로부터 누군가로부터 지켜지지 않는 작은 방

근원 없는 파문이 일고 너는 시가 무엇이냐 묻는다

한 번도 만져 본 적 없는 수선화 낡은 비키니 옷장에 손
을 뻗고 나와 당신이 오래도록 떠나지 못했던
조용하고 깊은 물가에 서서

혼백들이 끊임없이 다른 언어로 말을 걸었어 내가 그 말
을 알아들을 수 있는지 정말 몰랐어

일요일이면 꽹과리 소리가 아침을 훔치고 손을 뻗으면
닿을 수 있는 붉은 신당, 장군님, 선녀님

장군님의 창(槍)
나의 대답은

죽여 온 자들의 곁에서 애통해 가슴을 치는 한 자루의 검

새로운 자루를 깎으며 터질 것 같은 울음을 삼키는 심약한 전사로 키워진다는 것

집으로 가요

악마로부터 왕국을 구한 용사는 어떤 소원이던 들어주겠다는 왕에게 소녀를 키우게 해 달라고 청한다

게임이 시작되면 용사는 양육인으로서 소녀의 장래를 설계해 주는 역할을 맡는다 소녀가 열여덟 살이 될 때까지 용사는 소녀를 숙녀로 키워 내야 한다 최종 목표는 프린세스를 만드는 것이지만 게임의 묘미는 소녀가 다양한 인간으로 성장한다는 데 있다

궁전으로 아르바이트를 주구장창 나가다 왕자 눈에 띄어 프린세스가 될 수도 있고, 암흑가에서 두더지 왕자를 만나 어둠의 프린세스가 될 수도 있으며 아무 일도 하지 않는 게으름뱅이가 되거나 집사 또는 아버지와 결혼하기도 한다

「프린세스 메이커」는 육성 시뮬레이션이라는 새로운 장르를 개척하며 1990년대 뜨거운 반향을 불러일으켰다

시그널 음악과 함께 게임이 시작됐다 계단이 자꾸 미끄러지고 그때마다 공주들, 몰려다녔다 공주들은 서클렌즈를 돌려 끼고 핸드폰과 꿈에서 무럭무럭 가십을 주고받았다 공주는 재개발이 결정된 아파트에서 용사 몰래 다른 공주와 만나기도 했다 공주의 입술 사이로 공주의 젖꼭지나 혓바닥이 쌓이고 이따금 입술 옆에 물집이 빨갛게 솟았다

비가 오는 날이면 마법사가 찾아와 날개 달린 신발이나 유혹 점수를 높이는 코르셋을 팔았다 코르셋을 입은 공주가 어둠의 파티에서 누굴 만났는데…… 집사와 용사, 공주가 돌려먹던 얼음이 또 다른 공주의 입속에서 와자작 부서지면 두더지 왕자는 흥에 겨워 벌주를 만들었다 언제까지 어깨춤을 추게 할 거야, 언제까지 웨이브를 타게 할 거야? 여름과 겨울에 한 번씩 공주와 용사가 단둘이 휴가를 떠났다 용사는 그때마다 치트키*로 공주의 젖가슴을 확인했다 우리 딸, 얼마나 컸는지 아빠가 좀 보자…… 학교에서나 광장에서나 엔딩은 성큼성큼 공주들을 찾아왔다 열여덟 살에 사기꾼이 되거나 아버지와 결혼한 공주들은 전부 용사의 호적 등본에 기록되었다

* 게임의 '치트키'란 제작자들만이 알고 있는 비밀 키 또는 속임수를 말한다. 개발자들은 자신이 만든 프로그램을 테스트할 때 많은 시간이 소요되는 것을 방지하기 위해 치트키를 만들어 활용한다. 물론 게임이 판매되기 전 완성판은 치트키를 모두 삭제한 버전이다. 하지만 유저들은 어떤 경로로든 이를 알아낼 수 있다.

빵 냄새가 난다

손을 꼭 잡은 남매가 벌거벗은 채 트럭 뒤에 숨어 있다
를 조각하는 아저씨
장면과 냄새를 조물거리는 일은 생각보다 점철된 일이다
손뼉 쳐 죽인 모기 한 마리
덕분에 사타구니가 가렵다
를 조각하는 아저씨
피가 한 바가지구나!
놀란 소녀가 뒤돌아 뛰어간다
박수를 쳐라 박수를 쳐라 아가, 혈액은 돌아야 한단다
만취해 드러누운 여자
태양이 그녀의 몸에 소아마비 따위를 조각했다
아저씨는 조각칼을 들어 태양을 깎았다

모래밭에 앉아 유방을 빚는 소년들
헌 젖 줄게 새 젖 다오
거기에 아저씨도 있다

야이병신같은놈들아내가어떤사람인줄알고이러는거야?
아저씨가소리를지르며떠나려한다그찰나에그찰나에사진을

찍는소년소녀들자자여기보세요여기도보세요여기를봐야죠!
플래시가폭발하지만아저씨는눈을감지못하고그의머리칼과
손발을물어뜯는소년소녀들그의몸뚱이에젖니가박힌다당장
꺼지지못해?이거놔이거놓으라고아저씨가소년을잡아소녀를
묶는다아저씨가소녀를움켜쥐고소년을가격한다헉헉,좆만
한것들이감히,그가버클을풀고성기를드러내자달려드는소년
소녀들아저씨의성기에젖니를박는다너나할거없이그것을향
해달려오는아이들

아저씨 뒤돌아 뛰어가지 못하고
방울을 달아야 하므로
동네를 떠나지 못하고
잠기지 않은 문을
벌컥
벌컥
열어 보는데

떠나며

── 12시간 이상 이동하는 버스 안에서, 멀미를 멈출 수 없는 동생들에게, 사랑을 담아, 누나가.

구역질이 나, 끈질기게 석유 냄새가 나

버스는 오래도록 달렸고 어두운 곳이 끊임없이 늘어났다
어디서 오는지 알 수 없는 더럽고 축축한 웅덩이들

두 시간 후에 탄생할 나의 동생들이 젖을 텐데

내가 맡는 이 냄새가 결국
너희 생까지 물고 늘어지는구나

내가 찾고 있는 차양은 넓은가
모두가 함께 둘러앉아 푸른 땀을 닦을 수 있는가
알지 못하면서도

두 시간 전에 내가 두 시간 후에 동생에게 다시 메시지
를 보낸다

나는 평생을 너에게 비겁하구나, 라고
답장은 오지 않았지만

짙어져 가는 밤하늘을 보며 흐느낀다

*지금쯤 우리가 태어나고 있어, 우리는 우리대로 우는 법을
익히고 있을게. 걱정하지 마. 사랑해 누나.*

누가 저 어두운 곳에 내 동생들을 뿌려 놓았나
나는 왜 하릴없이 두 시간 전의 속도로 떠나야 하나

동어반복

습도가 낮은 날을 골라 누나는 육수를 끓였다

누나는 번번이 자신을 시인이라고 소개했다
누나는 단지 풍경을 기록하는 사람
진짜 이야기는 한 줄도 쓰지 못하는

그럼에도 나는 사람들과 만날 때 누나의 말을 곧잘 인용했다 누나의 정보는 대부분 신빙성이 없었지만 나는 누나의 말을 따라하는 것이 좋았다

"이번 생은 애벌빨래야" 이건 누나의 입버릇이고

장마가 끝나자 매미들이 누나의 창으로 몰려들었다 누나는 방충망 사이로 그들의 배를 바라보았다 그리고 커다란 냄비를 꺼냈다

사람들은 계절을 눈치 채지 않았다

누나는 매미가 가장 완전무결한 생명체라 믿었다

어디까지나 누나의 가정이었다
그건
지독한 향수병이었다

누나가 앉은 자리에는
투명한 부스러기가 점차 늘었다

나는 매일 불안했다

뼈와 살이 물이 되는 냄새
그리고 끝내
하얀 연기가 되는 냄새

발목과 냄비를 번갈아 보며 누나는 가끔 울었다

국물이 진하게 우러났다

샬레 안에서

한 장의 떡잎이 피어나고

선생은 아이들을 거세하러 뛰어온다

운동장 모래를 파먹는 아이들
도처에 작은 땅굴이 생긴다
친구들은 부모의 눈을 피해 모낭 몇 개를 땅에 묻었다

여자도 남자도 아닌 애들이 쑥쑥 자라나고 운동장에는
살덩이 몇 개가 하늘을 향해 솟았다
선생은 살덩이에서 돋아난 거웃을 뽑느라 빠르게 늙었다
살덩이가 구름에 가깝게 높아지자
무성(無性)의 아이들이 그것을 타고 올랐다 오르면서 낸
흠집으로 반짝이는 물이 흐르고 그곳은 곧 호수가 되었다

내 발에 보송보송한 날개가 돋았어 나도 나도!
구름에 가려진 아이들은 돌아올 줄 모르고 멀지 않은
곳에서 행복한 웃음소리가 들렸다

이따금 호수 주위에 동그랗고 단단한 껍질을 가진 열매가 장맛비처럼 쏟아졌다

열매의 껍질은 칼로도 망치로도 부서지지 않았지만 걸음마를 시작한 아기들이 실수로 밟아 깨뜨리곤 했다

축축히 젖은 휴지 뭉치에서 강낭콩이 자란다

태몽

거대한 지렁이가 푸른 불을 뿜었다

기타의 가장 얇은 마지막 현이,
그의 노래가 말했다

네가 탁자를 탁자라고 부르지 않고
넝쿨을 넝쿨이라 부르지 않고
뼈를 뼈라고 부르지 않아서

투사를 낳게 될 거야

아버지보다
검을 따르는   .

한눈에 담을 수 없을 만큼 거대한 지렁이는
어째서 나보다 가벼운가

푸른 숨결이
결국 나를 사로잡고

무릎을 꺾었다

나를 지나치라고, 차라리 짓눌러 터뜨리라고

지렁이가 끊임없이 나를 바라보았다
그 몸에서는 음악이 흘러나왔다
그 몸은 갓 태어난 풀포기처럼 보드라웠다

빌고 또 빌었다

이 꿈이 꿈이 아니므로
이 꿈은 끝나지 않을 것이다

발모광*
── 남편에게

따뜻한 옷이 입고 싶어

당신이 어디로 가든
상관없어 하는 마음을 갖고 싶어

발로 바닥을 쓸며 걷는 남자
그 밤이 공포였어

달력을 찢었어
살아 내야 할 시간들이었는데

일요일이면 방울 소리가 들렸어
금속 막대 끝에 하나의 무리를 이룬
방울

창 너머에는 풍경이 없었지

그 집에는 지붕이 없었어
아무도 나갈 수 없었어

1초와 또 다른 1초 사이에
자주 갇혀 있었어

뜨거운 것을 좋아했지

오랫동안 쓰다듬고 싶었으니까

찰나가 있을 거고
고통이 따라올 거고
이(齒)가 흔들릴 거야

몸에 구멍이 늘어났지
나를 알아보기 쉬우라고

그때, 적당한 습도의 바람이 불었다면
그랬다면

침 없는 벌이 태어났겠지만

발작으로 죽을까 봐 무서워
경기(驚氣)하는 내 곁에 웅덩이가 없을까 봐

손수건을 선물해 줄래
빛과 어둠을 가릴 수 있게

내가 손가락을 수집하겠다고 하면
그것을 줄 세우겠다고 하면
꼭 말려 줘
내 대신 모든 손가락을
버려 줘야 해

당신과 내가 죽을 때까지
손가락 버린 곳을
말하면 안 돼

* 머리카락을 뽑는 습관. 발생 원인은 정확히 밝혀지지 않았다. 주로 머리카락을 뽑지만 속눈썹이나 음모를 뽑는 경우도 있다. 타인의 털을 뽑기도 하며, 털을 뽑고 있다는 사실을 인지하지 못하기도 한다.

III.
백만 개의 미래가
불탈 때

기적

유리 부는 사나이가
대롱에 숨을 밀어 넣었다
행성처럼 부푸는
꿈

이윽고 사내가
숨을 들이마시자
따뜻한 유리물이
식도를 타고

흘러갔다

폐와 혈관에 맺히는 성(成)을 바라보며

박수를 치는
쥐 떼

들이쉬면 들이쉴수록
사내의 볼을

뚫고

유리 가락이 흘러나왔다
음악처럼
고양이 수염처럼

외부인의 그림자가 스치는 공방의 밤

종종 떠나지 않고

내부가 유리로 된
사내들이
조심조심 가마 옆으로 모인다

"기적처럼 해가 뜰 거야"

"스노우볼을 부풀려 줄게"

박제된 기관지로

그리고 키스를 나누는
몇 사람

신장이나 고환에서
교회와 해변이
태어나고

.

벌려진 입술 사이로
떠도는
따옴표들

미로를 얻은 사내들이
소리를 듣는다

어디에서도 간 적 없는

어디로도 온 적 없는

떠나는 쉬바

── 쉬바는 파괴의 신이자 창조의 신이다. 그는 삼억 명의 신 중 유일하게 진실을 아는 자이며 삼억 명은 단 한 명으로 다시 태어난다.

소년이 계단에 발을 올렸다
그러자 바닥이 사라지고

집으로 가는 길은 오직 272개의 계단뿐인데

발 디딜 곳이 삼억 개가 되었다

노인이 되어서야 대문 앞에 선 그가
발바닥을 털자
다시 소년이 서 있었다

문은 어디에나 있었다

낙엽과 살점, 온갖 종류의 털로 뒤덮인 응접실을 바라보며 소년은 가려움을 느꼈다 오른손으로 왼쪽 팔목을 긁자
세 번째 팔이 생겼다
부드러운 감촉이었다

축하하네, 자네라면 시월의 비밀을 풀 수 있다네.

아무것도 보이지 않는 아틀리에를 거쳐 식당에 도착한 소년은 잠시 중년이 되었다 가장 질긴 나비를 요리해 먹고 겨우 아이로 돌아온 그는 네 번째 팔이 돋아나고 있음을 눈치챘다

그 손으로 소리를 만질 수 있게 됐다

무엇이든 하겠어 영원히 너를 노래하지 못하게 할 수 있다면 나를 이곳으로 부른 저 기회주의자의 목소리 뺨을 타고 내리는 눈물 집 깊숙한 곳에서 들리는 소리를 더듬어 그가 끝을 향해 간다

가장 작은 방

소년은 찾아냈다
고행 중인 소리
소리에게서 흐르는 음절을 뭉쳐 흉기를 만들었다 소리

안으로 무기를 쑤셔 넣자 고행자는 팔방으로 찢어져 버렸
고 팔 네 개 달린 소년은

　그 집에서 나와

　당신과 당신 사이에 살고 있다
　비밀처럼

프루라이터스*

    너는 구내염 구멍 안으로 나를 밀어 넣었지 혀는 상처
난 곳으로 가니까
    너는 나를 꾹꾹 누르고 핥고
    최대한 달아날 수 있는 만큼 달려도
    혓바닥은 나를 쫓았어
    그래서 바오밥을 심었어
    살점 깊은 곳에 씨앗을 묻고 품었어 오랫동안
    나무는 나이테 없이도 무럭무럭 자랐지

    너는 금세 "를"을 발음할 수 없게 됐고 "너"와 "내일"이
자꾸 멀어졌어
    그 틈으로 가지가 자라고
    너는 입을 닫을 수 없고

바오밥 뿌리가 네 아래턱과 귀밑, 목구멍으로 파고들었
어 나는 움직이는 가지를 타고 달리고 내달리고 또 뛰어나
갔지 너의 백태와 힘없는 적혈구들의 뺨을 찰싹찰싹 때리
기도 하고 융털과 허파 꽈리를 난도질하면서 씽씽 신나게
달렸어

알고 있니? 몸은 어디든 길이야

고약한 피부를 뚫고 뿌리와 가지가 뻗어 나온 방향마다
너덜너덜해진 너
"를"을 말하려 했어
너를 뜯어먹은 내가 바오밥만큼 자랐다는 걸 왜 몰라?
불쏘시개 같은 네 손가락을 잡고 허공에 글자를 썼어

다

너는 이제 마지막만 발음하는 거야

* 소양감(가려움증).

벽 1

벽은 유일한 무기요, 보루다! 더 높게! 더 아름답게! 쌓아라! 키워라! 나눠라! 찢어라!

나의 사랑스러운 금발과 흑발의 이졸데. 두 여인은 나를 사이에 두고 펼쳐진 데칼코마니. 한 번도 서로를 본 적 없지만 그녀들은 닮았네. 소름 끼치도록 닮았네.

우리는 저 문장에 이름 붙인 적이 없습니다만 저들은 내 이름을 마음대로 부르네……. (숨을 몰아쉬는 주인공. 칼을 들고 살금살금 지금 당신에게 다가간다. 그래, 바로 당신 뒤다. 뒤, 뒤를 돌아보지 마라.)

이 지긋지긋한 도청이 언제쯤 끝나려는지 스미스 요원은 알지 못했다. 폴 요원도 몰랐다. 마르틴 요원은 알은체했다. 마리아 요원은 몰랐지만 모른다는 사실을 들키고 싶지 않았기에 평정을 가장했다. 그렉 요원은 모든 요원의 불안을 가볍게 생각했다. 엘제이 요원은 스미스 요원을 이미 파악하고 있었다. 그가 곧 가벼운 착란 증상을 일으킬 것이라는 것을, 기정사실로 받아들이고 있었다.

전파라는 것은 공기 중에 수평으로 전달되기 때문에 비효율적이죠. 에…… 전파를 수직으로 흐르게 하면, 그러니까…… 마치 예리한 톱날처럼 공기 층 사이사이를 파고들어 전송될 수 있단 말이에요. 즉, 고층 건물을 올리듯 전파, 전파의 분배가 효율적으로 이뤄지는 거죠. 이해했어요? 그러면 뭐, 통신도 방송도 심의도 마약도 더 이상 싸울 필요가 없죠. 예, 그런 거죠. 전파를 나눠 쓸 수 있게 되면 크레이터로 가겠다. 절망에 빠진 딱따구리와 초음파에 대해 논하겠다. 길고 깊은 티타임을 갖겠다. 그의 지친 부리를 어루만져 주겠다.

구멍이 뚫리면?

구멍이 뚫리면?

수조 밖의 그가 수조를 손바닥으로 친다 어루만지는 것처럼 부드럽게 한 번 더 친다 범고래가 수조 안에서 모습을 나타낸다 그가 오른손 검지와 중지를 붙이고 나머지 손가락을 말아 쥔 채 오른쪽으로 두 번 동그라미를 그린다

그가 가리킨 방향대로 대가리를 움직이는 범고래 이번엔
그가 방금 그 손으로 자신의 머리 위 허공을 힘차게 찌른
다 범고래가 수조 위로 점프한다 수조 밖으로 나온다 그가
깔린다 그가 짓눌린다 그가 죽어 간다 그가 오른손 검지
와 중지를 떼지 못한 채 죽음을 맞이한다

　거인의 머리를 뜯어 먹는 더 큰 거인과
　더 큰 거인의 머리를 잡아 뜯는 더 큰 거인과
　더 큰 거인의 머리를 잡아 뜯는 더 큰 거인을 한입에 삼
키는 더 큰 거인과

　금발과 흑발의 이졸데. 나의 사랑스런 여인들.
　젖가슴이 하나인 나의 여인이여.

벽 2

　그녀는 여자의 눈치를 살펴야 했다. 새로 산 가방과 시계, 자랑하는 것처럼 보이지 않으면서 자랑한다는 것은 촌각을 다투는 일. 자칫 타이밍이 틀어진다면 그녀는 여자의 주소록에서 삭제될 가능성을 65%나 상승시킬 수 있으므로. 가능한 자연스럽게. 왼손을 들어 그녀 옆에 빈 의자에 가방을 내려놓는 모습으로.
"너 그거 못 보던 가방이다?"

　　모두 같은 공간에 있는데
　　전부 다른 물성이라고, 왜
　　애초에 말해 주지 않았지?

　　미안해, 내가 기타를 치고 넌 쓰레기를 치울 거야 쟤는 발망 청바지고 그는 오래된 핸드크림일 테니까

　　디스토피아의 짤주머니 지금 이 반죽은 완전히
　　실패했다는 소식

　그녀는 SNS에 카페의 전경을 올렸다 테이블 아래에는 무엇이 있을까요 옆 뒤 안은 보지 않고 끝없이 너에게 올

라타는

　씨앗을 찢어야만 자랄 수 있는 줄기에 대해
　어둠을 등져야만 굴절될 수 있는 빛에 대해

　카페는 2층 경륜장은 8층 화장실은 지하 1층 롯데리아
는 1층 주머니가 많이 달린 조끼를 입은 아저씨들이 입 냄
새와 연기를 뿜으며 역전 광장에서 얼쩡거렸지 지구대와
쇼핑몰 사이에는 교복을 입은 애들이 몰려 있었고 아가씨
들은 역사에서 팔랑팔랑 걸어 나왔네 이 게임의 룰은 간
단해 아저씨나 청소년에게 닿으면 악취와 패배한 인생이
새 옷에 묻는다 새 가방을 겨드랑이 밑에 숨기고 발목에
유의해 걷기

　눈가리개를 한 자는 증언할 수 있었다고
　웅얼웅얼 정확히 그려 낼 수 있었다고

브라질리언 왁싱

용도에 대해 생각한다 쓸모를 다한 것들에 대해
익룡이나 맹장, 봉기와 침묵에 대해 음모에 대해

위생상의 문제에 봉착한다
모든 **내가**

본디 그 자리에 있던 것들이 그저 제안되기 시작할 무렵

원뿔과 나비, 피리, 쉼표와 같은 모양으로 디자인되거나
붉은 언덕으로 변하여 처음과 끝을 연기하듯

버려진 거울보다
무서운 것은
거울 앞에 우뚝
멈춰 서는 시간

떠오르지 않는 자신을 발견하고 내가 나를
죽을 때까지 불러야 한다는 것 죽었다 한들 거울 뒤편
으로 갈 수 없다는 것 끝까지 풀지 못할 문제를 풀기 위해

다시 태어나야 한다는

　　우주의 모든 것이 한 번쯤 존재를 의심받는다고
　　누군가 말해 준다면

　　최초로 마주한 그림자는 적인가 쌍생아인가

　　무엇과 교배되어
　　성숙해야 하는가

　　거웃이 없는 인류가 반복되는 시간까지

　　내가 완벽히 제거되는 순간까지

껍질

머리카락을 쓸어 넘기는 척 하면서
나는 내 머리를 토닥인다

모두의 바람처럼
거울이 나무를 비추면 좋겠지만
나는
숲 같은 건 안중에도 없는
의자에 앉아
무릎의 위치는 왜 언제나 여기인지
생각하는

배경

*

늘 같은 곳에
굳은살이 박힌다
아빠 발가락과 엄마 발가락 사이

"처녀 적 높은 구두를 자주 신어서 그래"
면도날로 발바닥의 못을 무심히 긁어 내는
그녀와
그녀의 뻐드렁니

*

어떤 새끼가
풍차 문신을 새겨서
바람이 불면
왼팔이 뜨겁다

그리고 산초는 달마를 삼켰지

*

남편과 한 침대에서 자면
귀신과 대화하지 않는다

　당산나무 밑은 무서워 차마 달려가지 못했잖아, 대신 반 딧불이 가득한 마당 바위로 올라가 우우우우우우 하고 울 부짖으면 개구리들이랑 대나무 숲이랑 아아아아아아아 거 들어 주고, 그 여름밤은 되게 따뜻했는데, 맘대로 폭죽 터 뜨려도 혼나지 않았는데 그치? 그치? 그치, 누나?

어떤 날에는 원래 쓰려고 했던 시가 아니라
갑자기 다른 음악을 말해요
그러니까 왜
시집을 읽다가
문득
글자의 윗부분만 눈에 들어올 때

이이이으으으사사비구니십구더하기빼기올빽이이이

그걸 가만히 보다가
발로 박자 맞추다가
그러다 원래 메모한 거 말고
딴말하게 될 때
있잖아요 왜

방(房)

나와 동생과 푸른 별과 아름답게 찰랑이는 금빛 물과
붉은 상아와 수치심이 있는 방

그 방은 아버지가 없으면

빈방

아버지가 방에서 동생을 거꾸로 든 채 흔든다 그를 내던
지고 그를 짓밟는다 아버지는 손에 잡히는 모든 것을 그에
게 던진다 그의 눈과 코와 입에서 쉴 새 없이 분비물이 흐
른다 무엇으로도 겁박되지 않았는데 그는 그저 흔들린다

아버지가 방에서 나가고 내가 방으로 들어간다 방 안에
는 동생이 없다 나는 아버지와 동생을 방의 밖에서 보았나
나는 그 장면을 보았나

아버지가 떠나면
빈방이 되는

우리는
있나

아버지가 돌아와 가득 찬 곳이 된 방에서 동생은 아버
지에게 무수히 많은 날 구타당했다 나는 그 일을 매번 목
격했다 나는 아버지를 지우고 싶었다 나의 배를 때렸다 나
는 그 순간 태어나지 않았는데

빈방은 아버지가 낳았다

아버지는 평생 하나의 방과 단 하나의 자식만을 낳았다

산상수훈

셰르파, 당신이 굽은 손으로 어깨를 잡아 주어서 나는 척추를 등에 걸치고 어머니인 척 지냈습니다 알도 뺐습니다 제발, 아버지를 빼앗지 말아 주세요

골짜기로 떠난 자식들이 돌아오기 전에
동기(同氣)와 짝짓기할 아이들을 낳아야 합니다

어항에서 내 얼굴을 보았습니다

아가미와 지느러미를 풀숲에 떨어트렸고

나의 셰르파, 당신이 알려 준 대로 아버지의 길을 따라 세상에 나왔습니다 아내를 소개받고 꾸벅 졸았습니다 옛 친구들은 즐거운 바다에서 수태와 사정을 반복하며 살겠지요

당신이 입던 옷을 건넸습니다
하지만 나는 두 다리가
필요 없어서

꼬리에 입을 맞추며 다시 남편이 되겠습니다

여기는 곧 산으로 치솟을 겁니다
어째서
두 손을 들어 인사합니까?

나의 셰르파, 끝없이 기암절벽을 오르며 당신은 영원히
아둔하군요

도전이 아니라 유영만이
바다를
산으로 만듭니다

피닉스

　5학년 여름방학이 시작되었다 그리고 피닉스에서 네가 보낸 엽서 한 통이 왔다 방학이 심심해질 새도 없이 너와 나는 엽서를 나눴다 우리는 서로를 그리워할 줄 알았다 그때는 건전지 수거함이 있는 아파트에 살았다 명을 다한 건전지는 수거함에 버려졌고 얌전히 떠나갔다 나는 건전지를 버릴 줄 알았다

　엽서에는 선인장과 모래와 새빨간 하늘이 있었다 그리고 못생긴 너의 글씨가 있었다 하지만 엽서 한 바닥 가득 써져 있던 말은 단 한 글자도 기억나지 않는다 우편함은 건전지 수거함 왼쪽에 있었고 수거함에는 만화가 그려져 있었다 철수는 폐건전지를 반드시 분리수거해야 한다고 말했다 영희는 분리수거를 다짐했다 지구의 환경은 그들이 지켰다

　새 학기가 시작되었지만 너는 돌아오지 않았다 모래바람 속으로 여름이 묻혔다 그 즈음 나는 초경을 했고 아파트 사이로 타는 노을이 황홀했다 붉은 그 세계는 엽서의 사진보다 아름다웠다 우편함과 수거함은 떠나갔다 그리고

내가 버린 건전지는 피닉스로 갔다

　피닉스에 가고 싶다 보고 싶다 보고 싶다 나의 건전지
들아

사냥을 떠나요

#2. 주위가 전부 어둡고 별빛을 가장한 꼬마전구가 알알히 박힌 무대의 주인공은

캣워크에 비가 내립니다 대천문이 채 닫히지 않은 아기들, 숨죽이고 있습니다
사냥을 시작하자……
말을 배우지 못한 아기들은 무엇으로 작전을 짜나요

#3. 아기들은 말랑말랑한 뼈를 깎아 피리를 만듭니다

빨대 같이 긴 주둥이의 사내들이 아기들의 사냥감입니다
발등에 피리를 꽂아! 목에도! 가슴에도! 고추에도! 이게 바로 궁, 상, 각, 치, 우, 솔, 라, 시다! 구멍마다 울컥 쏟아지는 핏물 돌처럼 굳어 고꾸라지는 축복받은 자, 해충의 날개처럼 아름답게 부서지는 사내들이 도처에 나부낍니다 아기들의 사냥술이 향상될수록 발작 같은 백야가

#1. 비상대책위원회 회의실. 위정자들은 의자에 앉아 손가락을 꼽는 것, 의자에 앉았기 때문에 손가락을 씹어 먹

을 수밖에 없습니다

　저 빗소리 좀 막아 봐

　위원장님 지금 이럴 때가 아닙니다

　#1999. 아직 말랑말랑한 숨구멍을 예쁘게 오리고 콧구멍과 입, 똥꼬에 구멍을 뚫어

　아기들, 스스로 피리가 되었습니다

기차의 곁

죽은 척하는 것들이 수집되었다

손을 대면 흐르는 기억

객실에서 백만 개의 미래가 불탈 때

얼굴 없는 마네킹이 아무 방향으로나 돌을 던졌다
버려진 땅에서
그러니까 나는 자격이 없단 말이지?

곁을 낳은 자는 곁을 안아 주고 싶다

"도사리는 바퀴를 끝까지 모른 체할 수 있을까요?" 눈을
감은 승객이 물었다 주머니에서 손을 빼지 않고 아무도 대
답하지 않았다

입주민이 없는 신축 아파트, 홀홀히 나타났다 사라지고
이윽고 사라지고
번뜩이는 어둠을 황급히 봉합하는 크레인

겉을 보듬는 자는 더 이상 생명이 아니라는 소문

버려지지만
뜨거운 속도
낙하를 허락하지 않고

기차의 겉이 간다
터널의 내부를 찢으며

숨 쉬는 파이

무섭기도 하고 간지럽기도 하고 뻐근하기도 하다. 파이
는 베어 무는 순간, 부스러기가 너무 많다.

수십 번의 유산을 지나 드디어 쓰러졌다. 온 힘을 다해
미간을 찌푸려 기억해 내려 애쓰지만
열한 번째 이후로 헤아려지지 않는다.

배꼽을 통해 고개를 내민 꿈이 어룽어룽, 깍지 낀 손가락
을 씹다 나에게 들킨다. 구충제를 먹은 지 오래되었다. 그렇
게 단속을 하는데도 도망치는 녀석들은 생기기 마련이다.

노래는 절정을 향해 있다. 못 견디게 질투가 난다. 바퀴
가 주문을 외듯 모퉁이를 돌아서면 모든 것이 사라진다.
질투들, 건물들, 길들.

다시 고개를 들면 붉은빛이 선명하다. 세상에 처음 나온
따끈한 뒤통수. 어김없이 목덜미가 잡힐 것이다.

나와 묘지 씨와 일몰

닛포리 역에서 우에노 공원까지
문득문득 나타나는
이정표를 따라 걸었다

그때 그를 만났다

묘지 씨는 자신에게
생명이 충만한 것이
고민이었다

까마귀는 이름난 정보 수집가
정보를 나르는 대가는 일정량의 어둠
이름에 걸맞는 까만색을 유지하는 비법이었다

나는 묘지 씨와 대화하기 위해 일본어를 공부했다
언젠가 그와
인연이나 노래의 본령에 대해
열매의 추함에 대해 이야기하고 싶었다

그의 몸에 꽂힌 무수한 비석에
태양이 부서지면
나는 그것을 말끔히 닦아
말린 뒤 곱게 빻아
투명한 병에 담아 두었다

병에 담긴 가루는
아주 천천히
눈이 시릴 만큼 밝은 분홍에서 검붉은 색으로, 다시 태
초의 검정으로 변했다

오늘 나의 창을 찾아오는
까마귀에게 어둠을 건네고
묘지 씨의 안부를 전해 받았다

모아 둔 어둠이 떨어지면
다시 일몰을 수집해야지

그리하여 나와 묘지 씨에게 이별은 없게

우리에게 더 좋은 날이 되었네
— 아그네스 발차

그는 노래하네
천성이 더러운 것들을 위하여

깊은 밤을 날아 우리의 귀를 두드리는 선율
출렁이는 검은 향유가 정수리에서부터 발가락 끝까지
부끄러운 곳을 밝히네
누군가 괜찮다고 말해 줄 때까지 우리는 얼마나 많은 거
울을 뒤집었던가

여자가 하이힐을 손에 든 채 길을 걷는다
시간은 자꾸 흐르고 길이 줄어들지 않았다
그녀는 발이 점점 닳고 있다는 것을 느꼈지만
떠나간 것은 반드시 돌아오므로

밤하늘에서
여자는 노래하는 그를 발견했다
여자의 지친 발목은 밤을 딛고 한 걸음씩
노래의 시작으로 올라가기를 주저하지 않았다

원하는 무늬

나의 셰르파, 내게로 곧장 오십시오

누군가는 지점으로 문을 열고 누구는 좇나로 달립니다
늙은 나는 욕조에 모로 누워 기시감을 느끼고 있습니다

시를 쓰다 손톱 안에 사는 언덕을 보았군요
그 가파름이 당신의 정복력을 정복했군요
시간이 꼬리를 가졌다는 것을 언젠가 들어 본 적 있습
니다
끊임없이 당신과 나 사이를 헤엄치겠지요

단 하루 만에 직사각형 지우개를 전부 써 본 적 있습니까
지우개 똥으로 누군가의 이름을 만들어 본 적 있습니까
나는 깨끗한 피부에 가로와 세로를
새기고 있습니다

어떤 변기에는 노파와 덩치 큰 사내가 앉았겠지요
노파는 대장을 쏟아 내며 뜨개질을 했습니다
씨실과 날실의 교미로 탄생한 당신

서울은 정갈한 야생이었습니다

언어가 달라도 소리가 같기 때문에
소외당하는 시와 시인들의 뒤통수가
운하로 이어집니다

두려운 것은 방향을 알 수 없는 신호가 울리는 것
당신의 장례식에서 방명록을 붙들고 우는
나 따위의 것

하지만 셰르파, 히말라야에 오르기 위해서
우리는 끊임없이 허리를 굽혀야 합니다
당신이 보는 것은 늘 지구의 가슴골뿐입니다
나는 내게 새겨진 격자로
단지 계단을 오르내리겠습니다

심부름

── 나무 판에 붉은 펜, 200×10m

형 누나가 없는 막내가
사과를 사러 간다

집을 떠나 만난 거대한 글자 곁에서 잠시 쉰다

글자의 한 모퉁이에서 짠물이 솟는다
익사는 질색이야
차오르는 도랑에 외투를 벗어 두고
막내는 그 자리를 황급히 떠난다

그러다 작은 구멍 앞에 잠시 멈춰
숨을 고른다

구멍에 한쪽 다리를 넣고 흔들어 본다
아이의 다리와 구멍이 꼭 맞다
신나는 얼굴로 남은 발을 휘둘러 또 다른 구멍을 낸다

구멍을 내며 막내가 걷는다

우뚝 서서 뒤를 돌아보니
구멍에서 온 우주의 막내들이 기어나온다

아이는 환히 웃으며
자신을 따라오는 수만 명의 막내들을 다 씹어 먹는다

오랫동안 씹는다

막내가 눈꺼풀을 천천히 감았다 뜬다

이것은 등이 굽은 자가 그린 그림

아이는 간다
사과를 사러 간다

과일 가게가 없다
사과나무가 없다
이제 입이 없다

의자 들고 지하철 타기
─ 부릉부릉 낭독회

박상수(시인, 문학평론가)

1. 아무도 나 같은 건

나는 상상해. 어느 장마철의 빈집을. 아파트가 아니라 오래되고 낡은 주택에 살면 말이야, 천장의 벽지가 천천히 부풀어 오르는 걸 볼 수도 있어. 방수 처리가 제대로 안 된 집이라서 벽을 타고 스며든 빗물이 천장의 벽지로 모여드는 거야. 터질 듯 말 듯, 아이를 밴 엄마의 배처럼. 빨리 감기 해서 돌려보듯이 부풀어 오르는 만삭의 배. 어쩌지. 곧이라도 찢어져서 빗물이 쏟아지면 어떻게 하지. 불안에 사로잡힌, 그래, 여기 텅 빈 줄 알았던 방에 한 아이가 있었구나. 작고 단단한 여자아이. 불안과 슬픔으로 흔들리는 눈빛을 가진 아이.

아이는 벽지를 보며 생각해. 엄마도 없는데 동생이 생기면 어쩌지. 저 안에서 동생들이 쏟아지면 어떻게 하지…….
난 아이의 상상을 들여다보며 마음이 아파. 몰라. 그냥 엄마도 없다는 말이 외롭게 느껴져서 마음이 아프고, 빗물을 동생들로 생각하는 그 마음이 더 슬프고. 동생들이 많이 생기는 건 외로운 아이에게는 행복한 일인 것 같지만 엄마가 없는데 동생들이 생기는 건 다른 일이잖아. 엄마의 사랑을 깊이 받아 보지도 못했는데 동생들에게 줄 사랑을 어디서 얻을 수 있겠어. 그건 행복한 일이 아니라 두려운 일. 사랑을 베풀기에는 아직 어린아이. 한참은 더 사랑을 받아야 하는 아이에게는.

옆집 어디에선가는 쌍둥이 아기들이 우는 소리, 또 어디서는 굿하는 소리가 들려오는 그런 구불구불한, 좁은 골목이 많을 것 같은 가난한 동네의 비오는 날 이야기를 하고 있는 거야. 혼자 방 안에 남겨진 아이에 대해서 말하고 있는 거야. 비로소 "장마철이 되면 아버지가 내 방 천장을 임신시켰다 비가 올 때마다 천장이 부풀어 올랐다 엄마가 없는데 동생이 생길까 봐 무서워 많이 울었다 하지만 쌍둥이들의 울음소리에 옆집 굿하는 소리까지 아무도 나 같은 거,"(「장마」)라는 목소리가 들리는구나. 나는 지금까지 상상해 본 풍경들을 모두 생생하게 감각할 수 있지만 거기에 더해 희미하지만 작은 목소리에 또 오래 머무르게 돼. "아무도 나 같은 거,"라는 중얼거림. 너도 들었니? 아무도 나 같은 것. 무심결에 내뱉은 속마음 같은, 전달되기를 바라지만 누구도 귀담아 들어 주지 않을 것을 예감한 듯, 완결되지 못하는 말. 아무도 나 같은 건 사랑해 주지 않겠지, 라는 문장으로 완성하여 읽을 수도 있는. 말해지지 않아서 더 쓸쓸하고 아픈 말. 여기서부터 우리의 낭독회를 가만히 시작할 수 있을 것 같아.

2. 유년을 걸어 보려고 해

강지혜의 첫 시집에는 아이들이 많이 나오지. 하지만 행복하게 살아서 몸도 마음도 빛나고 활기찬 그런 아이들 같지는 않아. 요람에 누운, 이제 갓 백일을 맞이한 것 같은 아기의 이런 이야기를 들어 봐. "말랑한 나의 손/ 아무 쓸모가 없네// 영원히 송곳니는 솟지 않을 것, 손톱은 자취를 감출 것, 단단한 정강이와 날개의 흔적은 찍소리도 내지 못할 것// 치욕스런 하루가/ 백일 씩이나 흘렀습니다// 이 더러운 백 일이 수백 번 반복되겠지요?"(「요람에 누워」) 갓난아이인데, 느끼는 것은 자신이 아무런 힘도 가지지 못한 연약한 아이에 불과하다는 바로 그 사실인 것 같아. 홀로 서려면 송곳니도, 손톱도, 정강이와 날개도 필요한데 모든 게 불가능하리라는 자각. 날카롭거나 단단한 것이 있어야 자신을 보호할 수 있을 텐데 그런 것을 갖지 못하면 이후의 삶은 치욕스런 하루가 모여 이루어진 백 일이 수백 번 반복되는 것일 뿐.

명백하게 절망적인 목소리 앞에서 나는 어쩌지 못하고 흔들려. 반복만 남은 삶이란 얼마나 끔찍할까. 이미 알아 버린 삶을 사는 것은 무슨 의미가 있겠어. 지금 힘든 삶을 포기하지 않는 것은 앞으로는 더 나아질 것이라는 기대가 있기 때문이고, 고비는 있겠지만 그 기대를 끝내 버릴 수 없기 때문이잖아. 그런데 이 아이는 기대가 없는 거야. 게다가 어떤 이유에서인지 아이들은 자주 공격을 받아. 그것은 무차별 사격이기도 하고(「네가 준 탄피를 잃어버렸다」), 거꾸로 매달아 피를 짜내거나 살을 썰고 다지는 폭력적인 학대로 나타나기도 해(「부록」). 그래서 "기형의 날개를 이식받은 소녀들"(「아이돌 2」)과 같은 이미지가 나타나는 걸까. 나는 알레고리화 된 풍경들이 만들어 내는 폭력의 분위기 앞에서, 그것이 실제가 아니라 언어로 상상해 낸, 시 안에서의 폭력이라는 점에서, 그나마 안도의 숨을 내쉬지만 또 어떤 때는 실제보다 더 강력한 언어의 힘에 잠시 눈을 감고 귀를 막을 수밖에 없어. 어디선가 취한 목소리가 들리는 것 같고, 벌컥 방문이 열리면서 떨고 있는 아이들이 생각나고, 그 아이들이 겪게 될 온갖 고통과 공포와 수치심을 떠올리게 되거든.

나와 동생과 푸른 별과 아름답게 찰랑이는 금빛 물과 붉은

상아와 수치심이 있는 방

　그 방은 아버지가 없으면

　빈방

　아버지가 방에서 동생을 거꾸로 든 채 흔든다 그를 내던지고 그를 짓밟는다 아버지는 손에 잡히는 모든 것을 그에게 던진다 그의 눈과 코와 입에서 쉴 새 없이 분비물이 흐른다 무엇으로도 겁박되지 않았는데 그는 그저 흔들린다

　(……)

　아버지가 돌아와 가득 찬 곳이 된 방에서 동생은 아버지에게 무수히 많은 날 동안 구타당했다 나는 그것을 매번 목격했다 나는 아버지를 지우고 싶었다 나의 배를 때렸다 나는 그 순간 태어나지 않았는데

　　　　　　　　　　　　　　　　—「방(房)」에서

　우연히 접한 현실적 모티브가 확장된 것일 수도 있겠고, 아예 상상으로 구성해 낸 장면일 수도 있을 거야. 시를 쓰는 순간 시 안에서는 실제 현실과는 긴장 관계를 이루는 또 다른 심리적 현실이 구성되는 거잖아. 인용 시를 시인

의 개인사로 단순 환원하여 읽을 수 없는 것은 당연한 일. 그래서 우리는 시인과 시적 자아를 구분하는 것이겠고. 그럼에도 불구하고 강지혜의 시적 자아가 시 안에서 구성해 낸 이런 장면들은 끔찍하고 무서운 느낌으로 다가와. 아버지가 등장하여 동생을 방에 몰아넣고, 그리고, 그리고……. 내가 뭘 더 써야 할까. 뭘 더 쓸 수 있을까. 몸을 떨며 겨우 읽게 되는 풍경을 시적 자아는 오랜 기간 가까운 자리에서 보았던 것으로 그리고 있어. 그렇게 생각하니까 "나와 동생과 푸른 별과 아름답게 찰랑이는 금빛 물과 붉은 상아와 수치심이 있는 방"이라는 첫 구절이 예사롭게 보이지 않는구나. 친족의 폭력도 폭력이지만 이 불의한 상황에서 절대적 약자를 돕지 못하는 시적 자아의 수치심과 분노가 너에게도 느껴지니? 날개가 있었다면, 송곳니가 있었다면 도망가거나 달려들 수도 있었을 텐데 이 아이들은 그저 너무나도 여리고 연약한 아이들일 뿐이어서 견디는 것 외엔 어떻게 할 방법이 없었겠지. 벌어져서는 안 되는 일이 이렇게 벌어져 버렸어.

시집 전반에 걸쳐 힘을 가진 어른, 혹은 성인에게 공격당하는 느낌은 지속적으로 반복되는 것 같아. 「아이돌 2」의 부제가 "꾸밈없이 비명을 지르는 아이들이 있사오니 저들을 부디 긍휼이 여겨 주소서"이기도 하잖아. 고통받는 아이들에 대한 이 깊은 연민을 좀 봐. 그래서 나에게는 '아이돌'이 '아이들'로 읽혀. 강지혜 시의 낮은 곳에는 불의한 힘에 짓눌리고 고통받는 아이들이 숨어 있어. 나는 그렇게 생각해. 인상적인 것은 이런 아이들이 원망의 방향을 자기 자신에게 돌린다는 점. 아버지를 지우고 싶지만 그렇게 하는 대신 오히려 자신의 배를 때리고 있는 아이를 우린 이미 보았잖아. 출생 자체를 원망하는 연약한 아이는 자신의 분노를 가해자에게 되돌리지 못하고 오히려 무력했던 자기를 파괴하고 공격하는 쪽으로 옮기는 거야. 나는 이 굴절된 분노와 수치심이 사무치게 아파. 그러면서 "엄마가 없는데 동생이 생길까 봐 무서워 많이 울었다"는 문장으로 돌아가 그 의미를 다시 생각해. 사랑을 받아야 할 아이가 동생들에게 사랑을 줄 수 없을 것 같아서 무섭고 슬픈 것이 아니라 동생들이 생기면 똑같은 폭력이 또 되풀이되고, 도와줄 엄마가 없는 상황에서 자기 힘만으로는 동생을 지켜줄 수 없을 것 같아서 무섭고 슬픈 것임. 그래서 많이 울었던 것임을 이제야 깨닫게 되는 것. 평화를. 그저 평화를.

3. 커다란 발을 갖게 되었지

지금 난 두 개의 고백을 함께 들여다보고 있어. "기시감에 대해 이야기 나눌 상대가 필요해요 야간 공사에 대해, 내가 평생 겪어야 하는 허기에 대해, 울어요 이미 운 것 같아요 내 그림자에 빠져 죽을까 봐 무서워요 무서울 것 같아요"(「흔들리는 이야기」)와 "고양이 두 마리가 서로를 바라 보았다/ 그들은 꼬리를 내린 채 천천히 흔들었다/ 나는 그 풍경이 갖고 싶었다"(「야간 공사」)라는 고백. 두 편 모두 어 쩐지 하나의 사건에서 시작된 작품 같아. 오래된 건물이 무 너지고 난 뒤의 공허와 슬픔에 대한 공통된 이미지가 있 거든. 폐허 뒤에 남겨진 시적 자아가 평생 가시지 않을 허 기와 무서움에 대해 울음 섞인 목소리로 고백하는 장면과 원하는 건 그저 고양이 두 마리가 서로를 바라보며 평화 롭게 꼬리를 흔드는 것임을 고백하는 장면의 간극. 후자의, 이 평범한 풍경에 속해 사는 것이 왜 그렇게 힘든 걸까. 바 닥까지 밀려서 억지로 눈을 떠 본 사람의 간절함이 여기엔 있어. 자신에게 남은 것이 울음밖에 없다는 걸 깨달은 사 람의 막막함이 여기에는 있어.

막막한 이야기를 더 해 보려 해. 부모의 사랑이 적절하게 작동하지 않았을 때, 그 책임을 자신에게 돌리는 시적 자아 의 굴절된 정서 작용은 「나는 커다란 발을 갖게 되었다—し ょうがないよ」라는 작품으로 이어지기도 해. 부제인 "しょう がないよ"는 '별 수 없다', '어쩔 수 없다'는 뜻인데 이건 무 슨 말일까. 커다란 발을 갖게 된 것이 어쩔 수 없다니? 이 작품에는 엄마와 시적 자아 사이에 오래 묵은 서사가 들어 있는 것 같아. 시적 자아는 어린 시절 부재한 엄마 때문에 친구들에게 놀림을 받았겠지. 그럴 때마다 발가락으로 꼬집 어서 아이들을 응징했고. 성인이 되어서야 비로소 일본에

사는 엄마를 다시 만난 듯한데 인상적인 것은 시적 자아의 발가락 사이에 만들어진 '구멍'과 "빠찡코"(파친코) '구슬'이 연결되면서 만들어지는 독특한 상상 체계야.

시적 자아는 자신의 몸에 난 구멍이 성장과 함께 더 커졌으니 엄마에게 자기 몸으로 들어오라고 권유를 하고 있거든. 참 신기한 상상력이지. '구멍의 이미지'는 강지혜가 가장 중점적으로 사용하는 이미지인 것 같아. 이건 오랜 상처와 슬픔의 구멍이기도 하고, 그래서 자기 존재의 부정할 수 없는 정체성이기도 하지만, 바로 그런 이유로 구멍을 변형시켜 누군가를 포용하고 삶을 일으켜 세울 수 있는 계기로도 활용이 되는, 정말 특이한 그런 구멍이야. 「기적」이라는 작품, 기억나니? 강지혜의 등단작이기도 해. 유리를 만드는 용액을 입으로 들이마셔서 그것이 몸을 통과해 유리 가락으로 흘러나오고, 그것들이 교회와 해변을 만들어 내는 환각적인 시였지. 잔인하면서 무섭기도 하고. 유리 용액이 몸 안에 만들어 내는 무수한 구멍들과 고통을 떠올려 봐. 하지만 강지혜는 바로 그 고통을 극적으로 전환시켜 교회와 해변을 만들어 내는 기적을 꿈꾸고 있다고 할까.

다시 엄마와의 이야기로 돌아오자면, 정말로 엄마는 딸의 발가락 사이 구멍으로 들어가게 되는 거 있지. 다음을 같이 읽어 보기로 해.

바늘처럼 뾰족해진 엄마가 구슬과 함께 혈관을 돌아다녀서 숨이 막혀 엄마를 찾아 때릴 거야 나는 내 눈을, 내 배를, 내 엉덩이를 있는 힘껏 내리쳐 멍들고 혹이 나지 침을 흘리며 말했지 납작해져라 납작 엎드려라

　　구멍 사이로 엄마의 마른 손가락이 보이자 해머를 들어 발을 내리쳤지 사랑해, 엄마. 사랑해. 세상 모든 바다에 쏟아지는 햇살만큼 그 빛에 반짝이는 모래알만큼 엄마를 사랑해 눈물샘과 콧구멍으로 잘게 부숴 진 구슬이 쏟아져도 엄마는 보이지 않고
　　　　──「나는 커다란 발을 갖게 되었다─しょうがないよ」에서

　힘들 때 곁에 없었던 엄마에 대한 원망이 왜 없겠어. 엄마를 때리고 싶은 마음이 바로 그런 거겠지. 엄마는 이미 딸의 몸에 들어와 버렸잖아. 간절한 딸의 바람 때문에. 그런데 바늘처럼 날카롭게 변해서 시적 자아의 몸을 돌아다닌 거야. 그녀는 겹겹 쌓인 기억을 헤집고 딸의 몸에 실제적인 고통을 일깨웠겠지. 힘차게 끌어안고 싶지만 그만큼 밀쳐내 버리고 싶은 이 복합적인 엄마. 어떻게 해야 엄마에 대한 시적 자아의 마음을 정확하게 표현할 수 있을까.
　그래, 자기 자신을 때리면 되지. 고통, 사랑, 증오, 슬픔, 자학, 그리움, 간절함, 폭력. 이 모든 감정이 뒤섞인 가학과 피학의 폭발적인 교차. 혹은 자기 학대의 폭력적 드라마. 바늘이 무뎌지고 파친코 구슬이 모두 부숴질 때까지 자신

에게 해머질을 한 거야, 이 여자는. 그렇게 내리쳐서 이렇게 커다랗게 부은 발을 갖게 된 거야 이 사람은. 강지혜의 시에는 폭력을 폭력으로 되갚되 자기 몸을 희생하여 제의를 치르려는 자학과 견딤의 태도가 공존해. 바로 이 대목에서 또래의 젊은 시인들과는 다른 과감하고 폭발적 에너지가 분출하지. 이해되니. 이런 사람을 이해할 수 있겠어? 마음도 산산이 부서질 수 있다는 걸 경험해 본 사람은 이해하겠지. 아주 오랜 시간, 누군가를 너무나도 사랑하지만 동시에 고통스럽게 미워해 본 사람은 알 수 있겠지. 둘 다 경험하지 못한 사람이라도 이 작품을 두 번, 그리고 세 번 읽어 보면 이해할 수 있을 거야. "세상 모든 바다에 쏟아지는 햇살만큼 그 빛에 반짝이는 모래알만큼 엄마를 사랑해"라고 말하는 사람의 마음을. 결국은 사랑으로 흘러 들어가는 이 목소리를. 상처받은 아이, 외로운 아이, 사랑받고 싶은 아이. 사랑하고 싶은 아이. 이런 아이일수록 평범한 듯 살아가기 위해 몇 배의 노력을 더 해야 하지. 그건 얼마나 외롭고도 힘든 과정이었을까.

4. 입 안에서 바오밥 나무가 자란다!

더하여 내가 말하고 싶은 것은 이런 것. 그럼에도 불구하고 이 젊은 시인에게는 선천적 탄력, 선천적 반발력 같은 것이 있다는 사실. 나는 이런 대목들을 한 번 더 읽게 돼. "천장의 자궁이 곧 터질 것 같았다 키가 작은 나는 폴짝 뛰어 식칼로 벽지를 찢었다// 핏덩이들이 내 머리 위로 쏟아졌다/ 거칠게 끊어진 탯줄/ (……) 내 동생들은 빗물이니까 빠져 죽을 걱정이 없었다// 아기들이 내 발목을 잡아끌어/ 가장자리에 이빨이 잔뜩 난 산호를 보았다"(「장마」)와 같은 문장들. 거칠게 느껴지니? 그런데 난 이런 거친 힘들이 좋아. 그러니까 "아무도 나 같은 거,"(「장마」)라는 목소리를 따라 깊이 침잠하면 지극히 내성적인 아이가 되었겠지만 강지혜의 시적 자아는 아예 부풀어 오른 천장을 식칼로 찢어 버리는 아이이기도 한 거야. 여길 터뜨리면 무슨 일이 생길까, 오래 생각만하기보다는 움직이고 실행하고 터뜨려진 것들을 따라가 보기도 하는 거야. 상상의 힘으로. 현실에서는 그렇게 하지 못했더라도 시 안에서는 그렇게 해 보는 거지.

이 입체적인 실험을 어떻게, 얼마만큼 긴장감 있게 삶으로 끌어와 승화시키고 변형시키느냐에 따라서 우리는 달라질 수 있는 거지. 시를 쓰는 자들의 밝은 자긍심은 거기서 만들어져야 해. 그래서 눈여겨보는 거야. 동생들은 빗물이니까 빠져 죽을 걱정이 없다는 말에서는 분명 슬픔이 감지되지만 동시에 극적인 변증법 안에서의 은근한 유쾌함과 자유로움도 느껴지지 않아? 아기들을 따라가서 이빨이 잔뜩 난 산호를 보는 것도 다행이라고 생각해. 지지 않을 거

야, 여기엔 그런 다짐이 있는 것 같거든. 이빨을 날카롭게
드러낸 가장 밑바닥의 생명력과 단단한 반발력. 또한 「모든
'비긴즈'에는 폭탄이」와 같은 제목이 상기시키는 어떤 잠재
된 폭발력. "이번 생은 애벌빨래야"(「동어반복」)라고 말할 수
있는 강인한 여유로움까지.

 그런 힘들은 "사직서를 내고/ 집에 오는 길엔/ 왈칵 울
음이 났는데/ (……) 우리는// 눈물자국이 말라 사라지는
순간을// 꼿꼿이 서서/ 목격하기로 했다"(「영웅」)는 구절로
넘어가는 순간에도 있지. 어린 시절 크게 마음을 다친 사
람은 과거의 기억과 지금 현실의 체험이 때로 사소하지만
강하게 공명하면서 원래의 고통 이상으로 스스로를 파괴
하는 걸 무력하게 지켜봐야 할 때도 있거든. 그런데 강지혜
에게는 그 얽혀듦에서 벗어나려는 본능적인 의지가 있는
것 같아. 자신의 연약함을 어쩔 수 없이 확인하게 되는 순
간에라도 정면으로 그것을 객관화하여 보려는 힘. 피하지
않고 꼿꼿이 서서 목격하려는 힘. 강지혜의 변증법이 시작
되는 지점이라고 할까. 물론 "화단을 가꿔야 하는데/ 씨를
뿌리고 거름과 물을 충분히 주고/ 마음을 쏟아야 하는데/
변기에 앉아도/ 찌개를 끓여도/ 운석뿐이었다// (……) 운
석이 내게 인사를 했다/ 투명한 소리로// 눈물을 그칠 수
없었다/ 화단을 가꿔야 하는데/ 있는 힘을 다해 운석을 끌
어안고/ 키스를 퍼부어야만 했다// 너무/ 오래 기다린 것
아닌가// 오열하는 나를/ 운석이 부순다/ 정확히 조준해//

산산조각 낸다"(「화단을 가꾸려 했다」)는 좌절의 목소리도
분명하지. 누구도 예상치 못한 불행은 외계의 운석처럼 우
리에게 들이닥쳐 삶을 모조리 파괴하기도 하잖아. 그걸 인
정하더라도 또 한쪽에는 분명 이런 목소리도 섞여 있어.

> 너는 구내염 구멍 안으로 나를 밀어넣었지 혀는 상처난 곳
> 으로 가니까
> 너는 나를 꾹꾹 누르고 핥고
> 최대한 달아날 수 있는 만큼 달려도
> 혓바닥은 나를 쫓았어
> 그래서 바오밥을 심었어
> 살점 깊은 곳에 씨앗을 묻고 품었어 오랫동안 나무는 나이
> 테 없이도 무럭무럭 자랐지
>
> (…)
>
> 바오밥 뿌리가 네 아래턱과 귀밑, 목구멍으로 파고들었어
> 나는 움직이는 가지를 타고 달리고 내달리고 또 뛰어나갔지
> 너의 백태와 힘없는 적혈구들의 뺨을 찰싹찰싹 때리기도 하고
> 융털과 허파 꽈리를 난도질하면서 씽씽 신나게 달렸어
>
> 알고 있니? 몸은 어디든 길이야
> ──「프루라이터스」에서

'프루라이터스'란 가려움증을 말하는 것인데, 신기하게 도 가려움증이 화자가 되어 이끌고 나가는 이 작품은 어떠 니. 강지혜가 잘 쓰는 '구멍'의 이미지는 여기서도 입 안에 난 구내염과 연관되어 등장해. 혓바닥은 화자를 구멍 안으 로 억지로 밀어 넣으려고 해. 밀면 밀리는 대로 수긍하기만 하는 것은 강지혜의 매력과는 거리가 멀지. 인용 시의 화자 가 어떻게 하는지를 볼까. 쫓기는 자리에, 뚫린 구멍에 바오 밥을 심은 거야! 이제 나늘 괴롭히던 '너'의 아래턱과 귀밑 과 목구멍으로 파고드는 바오밥 뿌리를 봐. 세상에서 가장 크고 오래 사는 나무인 바오밥이 입 안에서 자라나고 있는 거지. 지지 않을 거야, 나의 존재가 너에게 거슬릴지라도, 바로 그 존재의 힘으로 너와 당당히 맞서 겨루겠어, 라는 의지라고 할까. 나는 이런 대목이 좋아. 신나게 달려가는 질주의 힘에 반해 버려. 그러니까 이런 표현도 가능할 거 야. "말을 배우지 못한 아기들은 무엇으로 작전을 짜나요// #3. 아기들은 말랑말랑한 뼈를 깎아 피리를 만듭니다// 빨 대 같이 긴 주둥이의 사내들이 아기들의 사냥감입니다/ 발 등에 피리를 꽂아! 목에도! 가슴에도! 고추에도!"(「사냥을 떠나요」) 연약한 아기에게도 비교적 단단한 것이 있는데 그 게 만약 뼈라면, 그 말랑말랑한 뼈를 깎아 피리를 만들고, 아기들의 슬픔이 연주에 담겨 흐르게 하고, 아기들을 장악 해서 상처를 주려는 사내들에게도 단호하게 보여 주는 거지. 절대로 장악당하지 않겠다는 의지를. 늘 질주하는 것은 아니겠지만, 근원적으로 내재된 탄력은 강지혜의 시적 자아가 가장 바닥일 때조차도 다시 살아갈 힘으로 작동했겠지. 부릉부릉 엔진을 다시 켜는 힘이 되었겠지. 시를 씀으로써 삶을 포기하지 않고 그 힘들을 더 선명하고 튼튼하게 키워 올 수 있었겠지.

5. 의자를 들고 전철에 타면

어느덧 우리는 '아무도 나 같은 건 낭독회'에서 출발해 '부릉부릉 낭독회'까지 도착했구나. 지금까지 내가 말한 것은 한 인간의 생애로 보자면 결코 시간에 따라 당연한 듯 평이하게 진행될 수 없는 것들이지만 언어로 정리되면서 어쩔 수 없이 순차적인 것처럼 나열된 면이 있어. 그렇잖아. 아무도 나를 사랑해 주지 않는다는 마음과, 고장난 날개, 빗물을 쳐다보는 아이들, 그럼에도 모든 기원에는 폭탄이 내장되었다는 생각과, 커다랗게 부은 발, 고통, 사랑, 증오, 슬픔, 자학, 그리움, 또 갑자기 들이닥친 운석과 극적인 전환, 어떤 시절의 바오밥들은 불규칙하게 흔들리며 뒤섞여 있기 마련이거든. 극히 짧은 순간에도 우리는 수없이 반대되는 감정들을 오가기도 하잖아. 어른이 되어서도 유년으로 돌아갈 수 있는 것이고 유년이었지만 어른을 뛰어넘는 생각을 할 수도 있지. 한계 많은 언어로 우리는 그런 것들에 잠깐 질서를 부여해 보는 것이고.

왜 이런 말을 하냐고? 아직도 못다한 말이 많은데, 한 편의 시도 성실하게 다 읽지 못한 것 같은데, 그만 나의 일을 정리해야 해서 그래. 해야 할 말은 많지만 다음 사람을 위해 그것은 남겨 두기로. 이 시집을 오래 읽어 나갈 너를 위해 또한 남겨 두기로. 특히 아쉬운 것은 이런 것. 시집에서 내가 가장 좋아하는 시 중 하나가 「나와 묘지 씨와 일몰」이야. 어딘가 아련하면서도 아프고, 애틋하면서도 아름다운 이 느낌은 뭘까. 이런 시는 해석을 하기보다는 그냥 두고두고 읽고 싶은 거지. 어떤 틀에도 잘 들어가지 않는 좋은 작품들. 제목도 무지 좋아. '나와 묘지 씨와 일몰'. 나는 이런 작품을 필사하면서 가만히 음미하기를 좋아해.

그리고 또 놓칠 수 없는 작품이 있지. 「의자 들고 전철 타기」와 같은 시. 전체 8연 8행의 참 독특하고 매력적인 시였지? 처음 3연을 같이 낭독해 볼까. "아름다운 의자를 들고 퇴근 시간 전철에 탔다 의자는 황홀한 노래를 읊조리고 내 몸은 달아올랐다// 이것은 의자, 별처럼 빛나는 의자// 의자를 들고 전철에 탔지만 자리가 없었다 나는 분명히 의자를 들고 있는데 앉을 수가 없으니 나와 의자는 슬펐다 그리고 의자는 분명히 외로웠다" 이후로도 시는 5연이나 계속 진행되면서 불편하게 왜 의자를 들고 탔느냐는 사람들의 시선 때문에 흔들리는 시적 자아의 마음을 외롭고도

담담하게 그려 나가지. 주위의 눈초리가 힘들었나 봐. 충분히 그랬겠지. 이 복잡한 퇴근 시간에, 그것도 의자를 들고 전철에 타다니. 쟤 뭐야. 승객들이 밀려들어 올 때마다 의자와 시적 자아는 말없이 서로를 끌어안아 보지만. 결국 마지막은 "더러운 의자 하나가 철로 옆으로 굴러 떨어"지는 장면으로 끝나.

이것은 비유이며, 충분히 도시적 삶의 서글픈 진실을 보여 주는 작품이기도 하지만, 그렇게 끝내서는 안 될 것 같아. 기적을 꿈꾸는 '부릉부릉 낭독회'의 느낌을 살려 우리가 마지막 배치를 조금 바꾸어 읽어 보면 어떨까. 강지혜의 시에는 워낙에 그런 힘이 있잖아. 그 힘을 믿으며, 우리 삶으로 옮겨 오며, 7연에서 8연으로 넘어가면서 끝내지 말고 7연에서 다시 2연으로 넘어가면서 끝내 보면 어떨까. "전철 안으로 한 무리의 사람들이 구겨져 들어왔다 밀지 마세요 밟지 마세요 미안합니다 미안하지만 불쾌합니다 나와 의자는 서로를 말없이 끌어안았다// 이것은 의자, 별처럼 빛나는 의자" 이렇게 말야. 이것은 분명 '우리가 훔친 기적'이지만, 정말로 전철 안 수많은 사람들 가운데 우리가 함께 있는 것 같고, 내가, 그리고 네가, 말없이 의자를 함께 끌어안고 있는 것 같지 않니. 의자는 숨을 쉬듯 빛을 내고. 별처럼 빛을 내고.

나는 의자에게 말을 꺼내. 당신은 버려지지 않을 거예요. 당신은 없어지지 않을 거예요. 고마워요, 이렇게 잘 살

아 주어서. 온 힘을 다해 여기까지 성장하느라 정말 애썼어
요. 그리고 마침내 시인이 되었군요!

지은이   강지혜

1987년 서울에서 태어났다.

2013년 《세계의 문학》 신인상으로 등단했다.

내가 훔친 기적

1판 1쇄 펴냄 2017년 3월 24일

1판 3쇄 펴냄 2020년 11월 24일

지은이 강지혜

발행인 박근섭, 박상준

펴낸곳 (주)민음사

출판등록 1966. 5. 19. (제16-490호)

서울특별시 강남구 도산대로1길 62(신사동)

강남출판문화센터 5층 (06027)

대표전화 02-515-2000 / 팩시밀리 02-515-2007

www.minumsa.com

ISBN 978-89-374-0853-3 04810

     978-89-374-0802-1 (세트)

• 이 시집은 서울문화재단 '2016 첫 책 발간지원사업'의 지원을 받아 발간되었습니다.

• 잘못 만들어진 책은 구입처에서 교환해 드립니다.

민음의 시

민음의 시
목록